ORAISON FUNEBRE

DE LOUIS XV,

ROI DE FRANCE ET DE NAVARRE.

Ipfe erit mihi in filium ; qui fi iniquè aliquid gefferit, arguam eum ..... miſericordiam autem meam non auferam ab eo.

1 Reg. L. c. 7, v. 14 & 15.

Il fera mon Fils ; &, s'il vient à s'écarter du droit chemin, j'uferai à fon égard de févérité ; mais je ne retirerai pas de lui ma miféricorde.

D A V I D, après avoir affuré le repos de Jacob, s'adreffe au Prophete pour connoître la volonté du Ciel. Voici la réponfe du Seigneur : » Je » ne vous ai jamais abandonné ; j'ai exterminé vos en- » nemis devant vous ; je vous ai fait un grand nom » parmi les plus grands Princes de la terre. Je vous don- » nerai la paix ; &, lorfque vos jours feront accomplis, » je mettrai fur votre Trône, après vous, un Prince

*A 2

» de votre fang; j'affermirai fon regne; il me tiendra
» lieu de fils, & je lui fervirai de Pere: *Ego ero ei in
Patrem, & ipfe erit mihi in filium.*

NE femble-t-il pas, MESSIEURS, que le Seigneur
ait adreffé ces mêmes paroles à LOUIS XIV, lorfque
ce Monarque, à la fin d'une carriere auffi pénible que
glorieufe, voyoit les Princes fes Enfants précipités dans
le tombeau, les uns fur les autres, & fon Trône n'ê-
tre plus appuyé que fur un foible rejeton, que le moin-
dre fouffle pouvoit abattre & détruire?

LE Dieu qui balance dans fes mains les deftinées de
l'Univers, qui enleve les Couronnnes & les tranfporte
à fon gré, qui renverfe les Empires & les plonge dans
une nuit éternelle; ce Dieu qui veut que nous fon-
dions fur lui feul nos efpérances, veilloit à la confer-
vation du jeune Prince qui devoit monter fur le Trône,
prefque au fortir du berceau : il l'adoptoit déja pour fon
fils; il lui préparoit, comme à Salomon, les faveurs les
plus précieufes; mais fa fidélité à la Loi divine devoit
être la mefure de fes profpérités. Ah! fi ce cœur né pour
la vertu, avoit jamais le malheur d'oublier les engagements faints qu'il avoit contractés, le Tout-puiffant,
loin d'oublier fes miféricordes, devoit le rappeller dans
la voie de la juftice, en le châtiant avec une févérité mêlée de douceur : *Arguam eum in plagis filiorum hominum ; mifericordiam autem meam non auferam ab eo.*

TELLE fut, MESSIEURS, la conduite de Dieu à l'é-
gard du Prince dont nous pleurons la mort. L'Hiftoire
de fon regne eft l'hiftoire des bienfaits & des miféricordes que l'Éternel a déployés fur lui & fur fon
Royaume. Que l'œil profane s'efforce de percer dans ce

ORAISON FUNEBRE

DE TRÈS-HAUT, TRÈS-PUISSANT,

ET

TRÈS-EXCELLENT PRINCE,

LOUIS XV,

ROI DE FRANCE ET DE NAVARRE,

SURNOMMÉ LE BIEN-AIMÉ,

Prononcée le 3 Octobre 1774, au College Mazarin,

Par M. l'Abbé COGER, Professeur Emérite d'Eloquence au même College, Licencié en Théologie, & ancien Recteur de l'Université de Paris.

A PARIS,

De l'Imprimerie de GUILLAUME DESPREZ, Imprimeur ordinaire du Roi & du Clergé de France, rue S. Jacques.

M. DCC. LXXIV.

labyrinthe tortueux où s'enferme la politique : que la prudence humaine cherche fur la terre la chaîne des événements, leurs caufes & leurs principes ; pour nous, Chrétiens, élevons plus haut nos regards, & reconnoiffons une Providence qui dirige tout avec fageffe. Adorons les vues du Très-haut, lequel a voulu récompenfer dans la perfonne de Louis, les vertus, & punir les écarts d'un fils toujours l'objet de fa tendreffe : publions fur la terre les miféricordes que cet augufte Monarque doit chanter éternellement dans le Ciel. Voilà, Messieurs, ce qui forme le tableau intéreffant que je vais tracer avec le pinceau de la vérité, & que je confacre à la mémoire de Très-Grand, Très-Haut, Très-Puissant et Très-Excellent Prince LOUIS XV, Roi de France et de Navarre.

PREMIERE PARTIE.

Louis, en recevant l'onction fainte qui confacre les Rois, adreffe à l'Éternel la même priere que lui avoit autrefois adreffée le jeune Salomon. Seigneur, lui dit-il, je ne fuis encore qu'un enfant, & je me trouve à la tête d'un peuple innombrable : *Ego fum puer parvulus, & fervus tuus in medio eft populi infiniti.* Vous feul pouvez m'apprendre à le gouverner. Comment en effet pourrois-je, fans votre fecours, rappeller la paix & l'abondance dans mes États, fatigués par de longues agitations ! Comment contenir les Puiffances étrangeres, que nos triomphes & nos profpérités ont aigries, ou que nos pertes & nos malheurs ont enhardies à tout entreprendre! Daignez, Seigneur, envoyer devant moi un Ange tutélaire qui dirige mes pas dans les sentiers de la justice & de la vérité. Donnez-moi la sagesse qui fait regner les Loix & rend les Peuples heureux : donnez-moi cette bonté qui gagne les cœurs & mérite les succès.

LE CIEL, MESSIEURS, a prévenu les vœux du jeune Monarque. La voix du Peuple, qui est celle de la vérité, avoit déja nommé le grand Prince, dont les mains habiles devoient tenir pour LOUIS Enfant les rênes de l'Empire. Les talents, les succès, l'estime des Étrangers ont confirmé ce choix. PHILIPPE D'ORLÉANS, connu dans l'Europe par sa valeur; génie ferme & inébranlable, que les plus grands obstacles ne peuvent arrêter; génie élevé & sublime, protecteur des Arts & des Sciences, qu'il a lui-même cultivés avec soin; génie profond, habile à connoître les hommes & à les employer; capable de déconcerter par les ressources de sa politique, ou même de maîtriser les projets de ses ennemis : voilà le grand Homme chargé du destin de la France, & de l'auguste Pupille sur lequel étoient fixés les ieux de l'univers.

JE ne rappellerai point ici les merveilles d'une Régence mémorable, la seule, peut-être, que la discorde & la guerre parurent respecter : mais la reconnoissance me permet-elle de taire les bienfaits que cet Enfant royal versa sur la premiere des Universités ? bienfaits que nos Peres ont immortalisés par des monuments plus durables que le marbre & l'airain ; bienfaits qui, perpétués de siecles en siecles, graveront dans tous les cœurs les noms de LOUIS & de PHILIPPE.

LOUIS dans la suite se plut à étendre & perfectionner

cet ouvrage. Convaincu que l'ignorance eſt un fléau deſtructeur de la Société, & que l'éducation tient dans ſes mains le germe des vertus & de l'eſprit national, il fait couler dans ſon Royaume les ſources abondantes de l'inſtruction. Des Ecoles gratuites pour toutes les Sciences & tous les Arts ſont ouvertes à tous les ordres des Citoyens dans les principales Villes du Royaume. Nos jeunes Eleves étonnent leurs Maîtres par leurs progrès, & bientôt les ſurpaſſent : l'Etranger accourt en France acquérir des connoiſſances qu'il ne trouve pas dans ſa Patrie ; il porte enſuite aux extrêmités de la terre la gloire des grands Hommes qui l'ont inſtruit ſi généreuſement, & celle du Monarque qui l'avoit invité à partager avec ſes Sujets des tréſors ſi précieux. La Nobleſſe elle-même trouve une reſſource dans l'éducation militaire. Louis veut que les deſcendants de ces Héros qui ont verſé leur ſang & prodigué leurs biens pour moiſſonner des lauriers, apprennent, ſous ſes auſpices, à marcher ſur les traces de leurs Peres : ils brulent déja d'acquitter leur reconnoiſſance envers un Monarque qui daigne les adopter pour ſes enfants.

Vous jouiſſez d'une ſemblable adoption, jeune Nobleſſe, (1) que les Maîtres vigilants de ce ſuperbe Lycée s'appliquent à former aux ſciences & à la vertu. C'eſt à vous de faire éclater un jour parmi vos Concitoyens, les ſentiments généreux d'un cœur François, pour qui le plaiſir d'aimer ſon Roi, eſt la paſſion la plus vive & la plus conſtante.

---

(1) Le College Mazarin, ou des Quatre-Nations, eſt fondé pour la jeune Nobleſſe des Provinces conquiſes par Louis XIV. La Fondation y comprend encore les Italiens de l'Etat Eccléſiaſtique.

Admirez, Messieurs, comme la sagesse préside à ses conseils, & dirige toutes ses démarches ! Voyez comme le Royaume s'embellit sous son regne ; comme l'administration intérieure se perfectionne & prend un lustre nouveau ! La Police, dont le génie ardent semble veiller, dans le silence de la nuit, à la sécurité, aux mœurs, aux besoins de la société, entretient par-tout, sans contrainte, l'ordre & l'harmonie. La Législation qui, la balance d'une main, & l'épée de l'autre, punit au grand jour le crime, & protege hautement l'innocence, est enfin délivrée des entraves qui arrêtoient son activité. Le Commerce, cette source féconde qui produit & perpétue les richesses, prend un libre cours & s'étend jusqu'au delà des mers. L'Agriculture, plus utile encore, mais qui sembloit ramper dans l'obscurité, fixe sur elle les soins & l'attention du Gouvernement.

Que de prodiges, que de merveilles frappent de tous côtés nos regards, & ravissent notre admiration ! Que dirai-je de ces routes nombreuses & magnifiques qui peuvent le disputer à celles de ces anciens Maîtres du monde ? de ces canaux immenses qui semblent multiplier les fleuves & rapprocher les Provinces ? de ces superbes édifices élevés pour l'utilité publique, ou consacrés à la Religion ? de ces chef-d'œuvres en tout genre enfantés par la main de nos Artistes laborieux, dont Louis a fécondé le génie ? de tant d'inventions & de découvertes heureuses que son gout pour les Sciences a fait éclore, & que sa générosité savoit si bien récompenser ? Voilà les monuments qui éterniseront la gloire de Louis & la sagesse de son regne.

Heureux le Prince qui cultiva dans l'ame de son
illustre

illuſtre Pupille ces vertus précieuſes ! Heureux le Mi-
niſtre qui les vit ſe développer aux ieux de la France
& de l'Europe ! Le génie ſupérieur de M. le Régent
avoit préparé nos brillantes deſtinées ; la main ſage &
prudente du Cardinal de Fleury fixa parmi nous le
bonheur & la gloire. La douceur de ſon gouvernement enchanta le Citoyen & l'Etranger. Le Corps politique ſe ranime & prend une nouvelle vie : nos malheurs ſont oubliés, & nos pertes ſe réparent : une éco-
nomie bien entendue rétablit au plutôt le crédit qu'un
ſyſtême ſpécieux dans ſon plan, mais funeſte parce qu'il
fut outré dans ſon exécution, avoit entiérement ruiné :
la modération dans les deſirs ; la droiture & la fidélité
dans les alliances ; une conduite toujours égale, toujours
pleine de candeur & de dignité : quoi de plus capable
d'éteindre les anciennes haines, d'inſpirer à tous les
Peuples l'eſtime & la confiance, d'enflammer de zele
& d'amour le cœur des François !

Louis ſentoit tout le prix des ſervices que lui rendoit le ſage Conducteur qui le formoit au grand Art
de regner. Sa reconnoiſſance n'eut pas de bornes ; &
lorſqu'il prit en main les rênes de l'empire, il fut ſi
fidele à ſuivre le même plan d'adminiſtration, qu'il
ſembloit que l'ame douce & paiſible du Mentor de la
France fût paſſée dans celle de ſon auguſte Eleve,
comme l'ame tendre & ſenſible de Fénélon avoit paru
ſe reproduire dans la perſonne du Duc de Bourgogne.
La même éducation, les mêmes exemples avoient en-
fanté les mêmes vertus, & ces vertus avoient pour
baſe la douceur & la bonté.

Rien n'eſt plus propre à relever la majeſté des Rois

que cette douce humanité qui leur rend chers nos intérêts, nos biens, nos personnes. Un Prince bon &
clément est toujours grand & respectable à nos yeux :
nous sommes disposés à grossir le nombre de ses vertus,
nous excusons jusqu'à ses foiblesses : il nous aime,
c'en est assez : pour le payer de retour, on nous verra
faire les plus nobles efforts & les sacrifices les plus généreux.

Cette bonté, le premier devoir des Grands, &
le plus délicieux pour une ame sensible, faisoit le ca-
ractere de Louis XV. Elle s'annonça dès l'aurore de
ses jours : ce fut le fruit des soins de la tendre & respectable dépositaire qui forma ses premieres inclinations
& ses premieres paroles. La France voit aujourd'hui,
avec le plus vif intérêt, le même talent héréditaire,
couronné par le même succès. Cette bonté se peignoit
dans la suite sur son front ; elle en tempéroit l'éclat &
la majesté ; elle dirigeoit les mouvements de son cœur ;
elle dictoit ses paroles, accompagnoit ses actions & ses
démarches, & produisoit une aimable uniformité dans
l'humeur & dans les procédés.

La grandeur éclatante de Louis XIV éblouissoit
les ieux des François & leur commandoit le respect :
elle empêcha ses ennemis de gouter ses vertus & de
rendre justice à ses talents : son siecle fut un siecle de
pompe & d'admiration. La bonté simple & modeste
de Louis XV mit dans tout leur jour ses belles qua-
lités, captiva tous les cœurs, & fit oublier jusqu'à ses
défauts. Son siecle fut un siecle de zele & d'attache-
ment. La France porta jusqu'à l'enthousiasme la tendresse
qu'elle sembloit lui avoir vouée, lorsqu'il étoit encore au

berceau. Que n'ai-je en partage l'éloquence du célebre Orateur qui, dans la chaire de vérité, développoit au jeune Roi les grands principes propres à former l'Homme & le Monarque ! Avec quelle vivacité de couleurs vous peindrois-je les sentiments de la Nation dont il étoit le fidele interprete ! « Grand Dieu, s'écrioit-» il, récompensez notre tendresse pour ce Prince, » en le rendant tendre & humain pour ses Peuples : » assurez la félicité de son regne par la bonté de son » cœur ! »

Ses desirs furent accomplis ; & la France offrit le spectacle charmant d'un Peuple qui dispute d'amour avec son Souverain. Heureux combat, où le sort du vaincu est également digne d'envie !

Les François regarderent comme personnels & intimement liés à leur bonheur tous les événements de son regne : de son côté, Louis se persuadoit que sa félicité étoit inséparable de celle de ses Peuples ; &, dans les moments où l'alegresse publique éclatoit, il vouloit que les plus infortunés pussent mêler leurs acclamations à celles de leurs concitoyens : ainsi le vit-on tantôt faire grace à des criminels, & leur remettre les peines qu'ils avoient méritées ; tantôt verser des aumônes abondantes dans le sein de l'indigence ; tantôt favoriser la population, en facilitant par ses libéralités l'union conjugale. Que la bonté est ingénieuse à multiplier ses bienfaits ! C'est à vous, généreux défenseurs de la Patrie, à célébrer cet Edit immortel qui, donnant la Noblesse pour récompense de vos services, fait revivre les anciens Privileges d'une Nation guerriere !

Qui pourroit détailler tous les actes de bienfaisance

par lesquels Louis répondoit à l'amour de ses sujets ?
Le souvenir en est gravé dans le cœur de ceux qui en
ont été ou l'objet, ou les instruments, ou les témoins.
Il seroit aussi difficile de peindre les transports d'affection & de zele dont la France étoit enflammée pour
son Roi. Dès les premiers jours de son regne sa vie
fut exposée à de grands dangers : quelles alarmes, quelle
consternation dans tous les cœurs ! Quelle joie, quelle
ivresse, lorsque nous vimes nos craintes dissipées ! O
Metz ! tu fus dans la suite le théâtre de la scene la plus
touchante qui puisse jamais être offerte à l'humanité !
Louis arrêté par la maladie au milieu de ses conquêtes,
dans le temps qu'il vole où l'appelle l'amour de ses
Peuples encore plus que l'amour de la gloire : Louis
voit la mort reposer sur sa tête, & le tombeau s'en-
tr'ouvrir. Non, il n'y descendra pas ; la France entiere
se met entre la mort & lui. Notre amour est vainqueur :
le Ciel, qui l'avoit mis à de si rudes épreuves, se laisse
désarmer : Louis nous est rendu. Tous les cœurs, d'un
concert unanime, le proclament Louis le Bien-Aimé ;
& de superbes monuments annoncent ce titre à la
postérité.

Qu'ai-je donc fait, s'écrie ce Prince, pour être
ainsi aimé ? Ce que vous avez fait, grand Roi ! vous
nous avez aimés, & la France adore les Souverains
dont elle est chérie.

Avec quelle ardeur les François seconderent ses
projets, lorsque l'honneur & la justice le forcerent de
prendre les armes pour soutenir sa gloire & celle de ses
alliés ! C'étoit l'amour pour leur Souverain qui les gui-
doit dans les combats, & qui multiplioit leurs succès.

Le respect, l'obéissance, l'admiration, faisoient autant
de Héros des Soldats de Louis XIV ; il sut leur ins-
pirer l'orgueil de vaincre & de mourir pour lui : sous
Louis le Bien-Aimé, la tendresse, la piété filiale,
le zele, firent enfanter des prodiges de valeur & de
constance à nos Guerriers. L'amour pour leur Roi
consoloit les blessés, occupoit les mourants de la gloire
de leur Maître. *Mes amis*, disoit le Marquis de Beau-
vau à ceux qui le portoient percé d'un coup mortel,
mes amis, allez combattre, & laissez-moi mourir. Et le
jeune Brienne, ayant le bras fracassé, montoit à l'esca-
lade, en disant : *Il m'en reste encore un autre pour mon
Roi & pour ma Patrie.* Cet amour ranimoit dans le
Milanois, malgré les glaces de la vieillesse, le courage
du grand Homme qui avoit sauvé la France à Denain.
Il naturalisoit parmi nous ce Héros Saxon que la fortune & l'ennemi ne purent jamais trouver en défaut.
Le même enthousiasme faisoit franchir à nos Bataillons
les sommets inaccessibles des Alpes, & réparer les anciennes défaites de Turin : il les rendoit vainqueurs
dans les plaines de Lombardie, assuroit à l'Espagne le
Royaume de Naples, à Stanislas des Etats plus tranquilles que ceux qu'il avoit perdus, & marquoit une
des époques les plus heureuses & les plus brillantes de
notre Monarchie.

Cet amour, aussi constant dans les revers que dans
les prospérités, faisoit braver à nos Soldats, au siege
de Philisbourg, les éléments conjurés contr'eux : il leur
faisoit souffrir dans Prague, sans murmurer, les rigueurs de la faim & la longueur d'un siege meurtrier :
il les soutenoit à travers les frimats & les neiges dans

cette retraite fameuse qui renouvella dans la Boheme les prodiges de la Grece. La présence d'un Roi chéri, ayant à ses côtés le digne héritier de son Trône, rappelloit, à la journée de Fontenoi, la victoire qui sembloit nous trahir. Enflammées par les regards de Louis, nos Légions renversoient les barrieres de la Hollande, & forçoient des Villes imprenables. Cent bouches d'airain, qui vomissoient la flamme & la mort à Lawfelt & à Rocoux, ne purent arrêter leur zele impétueux; le François ne voyoit que la gloire de son Souverain, & le danger avoit pour lui des appas. Bruxelles, & l'armée qu'elle renferme dans son enceinte, est emportée d'assaut, au milieu des rigueurs de l'hiver. La prise de Mahon ne fut pas plus étonnante que celle de Berg-op-zoom. L'amour patriotique donnoit des aîles à nos Guerriers. Qu'un Roi de France est puissant lorsqu'il a su gagner l'affection de ses Sujets! Nous avons vu derniérement cette affection se peindre avec des traits de feu dans les hommages que la Capitale, transportée d'alégresse, rendit à la Famille Royale, & à ces augustes Princesses qui venoient de joindre leurs hautes destinées à celles de la France. Notre tendresse pour Louis sembloit s'accroître & s'animer à mesure que la sienne trouvoit à se reposer sur plus d'objets: sa sensibilité donnoit à la nôtre une chaleur nouvelle.

Les François ne furent pas les seuls jaloux de témoigner au meilleur des Souverains les sentiments dont ils étoient pénétrés: convaincus de sa modération & de ses vues pacifiques, les Etrangers se firent un devoir de lui donner des preuves d'estime & de confiance. Ceux mêmes que la gloire de Louis XIV avoit si

long - temps irrités, chériffent celle de fon fuccef-
feur. Le Congrès de Soiffons nous venge de l'orgueil-
leufe dureté des Conférences de Gertruydemberg. La
Hollande comble d'éloges le vainqueur de Fontenoi,
lorfqu'elle le voit arborer l'étendard de la paix fur les
remparts que fa foudre a renverfés, & ne propofer aux
vaincus que les conditions qu'il offroit avant de prendre
les armes. Ces cohortes nombreufes qui, des bords glacés
du Volga & de la Mer Cafpienne, fe précipitoient
vers l'embouchure de la Meufe, défarmées par le noble
défintéreffement de Louis, retournent dans leurs cli-
mats publier que le Pere de la France eft encore le Paci-
ficateur de l'Europe.

Et quelle contrée n'a pas rendu juftice à la grandeur
d'ame & à la droiture des intentions de ce Prince?
La Porte, l'Empire & la Ruffie réclamerent fucceffi-
vement fa médiation, & lui furent redevables du retour du calme & de la paix. L'Angleterre femble
oublier aujourd'hui fes anciennes inimitiés : elle bénit
la mémoire de ce Monarque, & regarde fa mort comme
un malheur pour l'Europe : elle fe fouvient que fi fes
flottes ne font pas aux prifes avec cette Nation belli-
queufe qui domine au loin fur les mers, fi toutes les
horreurs des hoftilités ne fe renouvellent pas à fes yeux,
c'eft Louis, qu'elle n'a pas craint de prendre elle-même
pour juge & pour arbitre, qui la garantit de ces fléaux.

Si les fecouffes terribles qui ébranloient derniérement
l'Orient & le Nord, ne fe font pas fait fentir dans les
régions du couchant, c'eft L o u i s qui, par amour
pour la paix, a repouffé l'incendie dont les progrès deve-
noient effrayants.

Sɪ l'Espagne & l'Italie sont unies à la France par des liens réciproques, qui multiplient les forces des Bourbons, en les animant tous du même esprit ; si l'Autriche voit succéder à trois siecles de rivalités une alliance heureuse & l'hymen le plus desirable, mettre le comble à ses vœux & aux nôtres ; enfin, si les Habitants de la Corse, soumis à la douceur de nos Loix, commencent à gouter le bonheur que ne leur procura jamais la liberté prétendue de l'Anarchie ; c'est l'ouvrage du Monarque, dont l'exemple apprend à l'Univers que la plus grande politique est d'être bon & bienfaisant.

Hᴇᴜʀᴇᴜx, mille fois heureux ce Prince lui-même, si, comblé par le Ciel de tant de faveurs, il reste toujours fidele aux devoirs que lui dicte la reconnoissance envers un Dieu qui semble l'avoir adopté pour son Fils ! *Ero ei in Patrem, & ipse erit mihi in Filium.* Mais s'il a le malheur de s'égarer dans la voie où Salomon fut entraîné, la divine Providence ne cessera de veiller à ses côtés, dans le temps même qu'elle paroîtroit devoir s'en éloigner ; &, semant sur ses pas la douleur & l'affliction, elle le rappellera par les fléaux dont elle a coutume de châtier les enfants des hommes : *Arguam eum in plagis filiorum hominum ; misericordiam autem meam non auferam ab eo.*

SECONDE

SECONDE PARTIE.

SI je rappelle, MESSIEURS, le souvenir des malheurs qui ont traversé les prospérités du regne de LOUIS ; si je vous parle des coups que le Seigneur a frappés pour arracher le fatal bandeau qui couvroit les yeux de ce Prince, à Dieu ne plaise que je veuille troubler la cendre de notre Pere, ou retracer à votre esprit des jours que nous voudrions effacer de nos annales ; c'est pour me conformer aux sentiments qu'il a fait paroître lui - même dans ses derniers-moments, & dont il a voulu que tout son Royaume fût instruit ; c'est pour adorer la conduite de Dieu qui vouloit exercer un grand jugement sur le Souverain & sur ses Peuples. Ici je crois entendre sortir du tombeau où repose ce Monarque ; une voix qui nous dit : O vous, à qui le zele & la reconnoissance dictent les hommages que vous rendez à ma mémoire, gardez-vous de troubler par la flatterie & la dissimulation le silence où j'habite : louez seulement les miséricordes du Seigneur envers moi. Voilà l'éloge le plus utile pour ma gloire. Instruisez, par mon exemple, les Rois & leurs Sujets : qu'ils apprennent combien il est dur & amer à l'Homme d'abandonner son Dieu. *Scito & vide quia malum & amarum est reliquisse te Dominum Deum tuum.*

Les prospérités ne sont pas toujours, il est vrai, le partage des Justes sur la terre. Dieu veut leur faire connoître que les espérances du Chrétien ne doivent pas ramper ici bas, mais s'élever jusqu'aux Cieux. Le pé-

* C

cheur, au contraire, goute fouvent pendant la vie la félicité temporelle refufée à l'homme vertueux : le Seigneur, en accordant alors ces avantages paffagers aux méchants, femble par-là frapper ces biens de fa malédiction : cependant lorfqu'il veut rappeller à lui l'ame qui s'en eft éloignée, dans les tréfors de fa Providence, il eft peu de moyens plus efficaces que les afflictions.

Louis avoit été l'objet des complaifances du Ciel dès fa naiffance. Le Seigneur avoit paru l'adopter & le traiter comme fon Fils. Il pouvoit dire avec le Roi Prophete : Mon Pere & ma Mere m'ont abandonné ; la mort les a immolés fur mon berceau ; mais le Seigneur m'a tendu les bras & ouvert fon fein : *Pater & Mater dereliquerunt me ; Dominus autem affumpfit me.* Tant qu'il demeura fidele à Dieu, il coula des jours heureux & tranquilles ; mais auffi-tôt que des artifices criminels eurent égaré cette ame née pour la vertu, Dieu remplace par des rigueurs fes premiers bienfaits : il ordonne à la guerre, à la mort, à la maladie, d'être les miniftres de fes vengeances ; difons plutôt, d'être les inftruments de fes miféricordes. *Mifericordiam autem meam non auferam ab eo.*

On avoit admiré Louis le Grand d'avoir pu réfifter aux efforts réunis de l'Allemagne, de l'Italie, de l'Angleterre & de la Hollande ; un événement plus extraordinaire a fixé tous les regards : un Roi, dont le titre n'exiftoit pas au commencement de ce fiecle ; un Electeur de Brandebourg, renfermé dans le cercle étroit de fes Etats, ofe combattre contre la moitié de l'Europe. Ce Prince, auffi guerrier que politique, dangereux par fes projets, redoutable par fon activité, appelle bientôt à son secours ces fiers Insulaires, éternels ennemis de la France. La guerre prépare de terribles spectacles. Jamais il n'y eut tant de combattants effectifs, ni dans les Croisades, ni dans les irruptions des Barbares. L'Allemagne est assaillie par six armées formidables, qui déchirent son sein & se disputent ses dépouilles. Déja, avec la rapidité de l'Aigle, Frédéric fond sur la Saxe, & se fait des Etats d'Auguste un rempart contre la Puissance Autrichienne. Il trouve dans les Pays dont il s'est emparé, des ressources pour fournir aux frais de la guerre. Il arrête d'un côté l'impétuosité des Russes qui s'avancent pour l'accabler ; de l'autre, il retient dans l'inaction les forces de la Suede, brave les nôtres, & court livrer une bataille sanglante sous les murs de Prague. Il devient redoutable jusques dans ses défaites. Combien de milliers d'hommes immolés aux intérêts de l'ambition !

Cependant l'ancienne rivalité entre les Maisons de Bourbon & d'Autriche ; fait place à une alliance qui étonne les Nations. Louis , toujours fidele au plan de grandeur dont il ne s'est jamais départi , joint ses Troupes à celles de cette Reine que nous admirions, lors même que nous étions forcés de combattre contre elle. Notre armée victorieuse auprès d'Hastembeck, réduit bientôt après le fier Cumberland à capituler. La capitulation nous devient infructueuse, & nos succès inutiles : le moment décisif nous échappe pour ne plus se présenter : la victoire commence à nous être infidele : nos jours de gloire & de triomphe sont passés : l'Ennemi , par un stratagême, trompe la valeur de nos Soldats, & nous rappelle la funeste journée de Ramillies.

Depuis ce moment fatal, quelle révolution! nos conquêtes nous font enlevées : la retraite feule paroît faire notre fureté : nous mettons pour barriere, entre nous & l'Ennemi, l'étendue des lieux que nous avions occupés en vainqueurs : déja la guerre a volé d'un pole à l'autre : l'empire des mers eft envahi : nos Colonies fuccombent fous le fer ou fous la perfidie : Pondichery n'eft plus qu'un amas de cendres & de pouffiere : les déferts du Canada fe voient inondés du fang François ; les droits les plus refpectés par tous les Peuples y font impunément violés : le brave Sainte-Croix eft forcé d'abandonner le théâtre de fa gloire, Belle-Ifle, qu'il a défendue fi vaillamment. Enhardi par cette conquête, l'Anglois promene fon audace le long de nos côtes : repouffé d'un rivage, il s'élance fur un autre : une main invifible femble enchaîner l'activité de nos flottes. Tantôt l'occafion manque, tantôt la volonté ; mais encore plus cette union & ce concert qui d'abord avoient fi bien foutenu, dans la Méditerranée, l'honneur de notre pavillon.

Que le téméraire Politique cherche ici-bas la caufe de ces événements & de ces cataftrophes. Pour moi, je la trouve dans la volonté de celui qui tient entre fes mains les rênes des Empires, & *qui fe joue dans le gouvernement de l'Univers.* J'adore en tremblant cette Providence fuprême qui, pour punir les fautes des Rois & des Peuples, ordonne à la guerre de les abaiffer, & la guerre obéit. Quel fujet de douleur & d'amertume pour Louis, lorfqu'il compare fes premieres profpérités avec les fléaux redoublés qui l'affligent au dehors & au dedans de fon Royaume! des pertes réitérées, des dettes immenfes, des reffources qui augmen-

tent le mal : la paix troublée dans le sanctuaire de la Religion, & dans celui de la Justice : des remèdes vio-
lents qui coutent à son cœur, & qui ne guérissent pas
nos blessures : des ames vertueuses victimes de leur zele
& de leur conscience. D'un autre côté, des hommes
de fer qui, sous prétexte de prévenir la disette, trou-
vent le secret affreux de la faire naître du sein même de
l'abondance, trompent leur Souverain, & trafiquent
impunément de la misere du Peuple ; ce Peuple qui,
toujours fidele & soumis, étouffe ses murmures, dis-
culpe son Maître, & ne se plaint à lui que par son silence. Ajoutez à tous ces maux une Philosophie in-
sensée, qui seme des doctrines désolantes, traîne à sa
suite l'horrible suicide, déchire le Ciel par ses blasphê-
mes, & brave, avec la même audace, le Trône & l'Au-
tel. Enfin, ce qui met le comble à notre douleur, un
Monstre, dont l'attentat le plus extravagant & le plus
inconcevable, vient désoler l'amour & flétrir l'honneur
de la Nation.

Prince infortuné, reconnoissez, au milieu de ces
désastres, la main du Seigneur qui s'appesantit sur votre
sceptre, pour vous arracher au sommeil funeste dans
lequel vous plonge la séduction & la volupté. *C'est le
Seigneur qui blesse & qui guérit :* il a détourné le coup
du parricide qui vouloit, dans l'excès de son délire,
trancher la trame de vos destins : vous êtes rendu à la vie
& aux vœux de votre Peuple, dont vous serez toujours
le Bien-Aimé : ah ! puissiez-vous être enfin rendu à
vous-même & à votre Dieu ! Il tonne autour de vous ;
mais il retient sa foudre : il vous punit ; mais il vous punit en Pere : sa sévérité est mêlée de douceur. Voyez

en effet les reſſources qu'il vous ménage au milieu des diſgraces qu'il vous envoie. Le fer ennemi ne pourra pas entamer vos frontieres ; l'amour de vos Sujets vous of-frira des vaiſſeaux & des tréſors. Deux Freres auſſi cou-rageux que les Machabées, & auſſi zélés pour leur Pa-trie, rappelleront la victoire fugitive, & donneront à nos ennemis des déplaiſirs mortels. Un jeune Prince fera revivre, à la tête de nos armées, le grand nom de ſes Aïeux. Enfin un génie ſublime & délicat, auſſi verſé dans la Politique que dans la Littérature, ſaura négo-cier avec honneur une paix néceſſaire. *Miſericordiam autem meam non auferam ab eo.*

PRINCE magnanime, pour donner à l'Europe le cal-me & le repos, vous avez triomphé d'un reſſentiment peut-être juſte & raiſonnable : puiſſiez-vous, pour ré-tablir la tranquillité dans votre cœur, fermer l'oreille à la flatterie qui vous obſede, & à l'impoſture qui conti-nue à ſe jouer de votre facilité ! Si vous différez plus long-temps, craignez les coups terribles dont vous êtes de nouveau menacé. Dieu, après avoir ordonné à la guerre de s'enivrer de ſang & de ſe nourrir de diviſions, ordonnera bientôt à la mort d'exercer ſes fureurs autour de votre Trône, & de moiſſonner les têtes qui vous ſont les plus cheres : *Arguam eum in plagis filiorum hominum.*

QUELLE ſcene touchante & lugubre ſe déploie à nos ieux ! Hélas ! de quel malheur la France eſt accablée ! quelle perte pour la Religion & pour la vertu ! Il n'eſt plus ce DAUPHIN chéri ; ce Prince ſelon le cœur de Dieu, ce Héros Chrétien, dont la grande ame & les rares qua-lités n'ont été reconnues qu'à la lueur du flambeau de la mort. Le premier de ſes Enfants l'a déja précédé dans le tombeau ; cet aimable Duc de Bourgogne, qui, dans l'âge le plus tendre, montroit des vertus capables d'honorer l'âge viril. Deux Princeſſes encore plus étroitement liées avec leur auguſte Frere par la reſſemblance des vertus, que par les nœuds du ſang, ſont tombées les premieres ſous le coup de la mort. La cruelle ne laiſſe pas repoſer ſa faux altérée de ſang. Elle enleve à Louis la plus pieuſe & la plus reſpectable des Epouſes, cette Reine formée dès l'enfance à l'école de l'adverſité, qui fut le modele de la décence, des mœurs & de la Religion, & que la Cour vit toujours fidele au plan de conduite qui lui avoit été preſcrit par ſon auguſte Pere, par ce Héros que Louis vengea d'une maniere ſi glorieuſe des injuſtices du ſort. Elle-même, avant de fermer les ieux à la lumiere, vient de perdre ſa plus douce conſolation, l'auteur de ſes jours, ce Vieillard magnanime & bienfaiſant, dont l'éloge & le nom doivent retentir à jamais dans le temple de l'humanité.

O Prince, aujourd'hui les délices d'une grande Nation ; ô vous qui régnez pour notre bonheur, comment ne ſeriez-vous pas un Roi bon & ſenſible ! L'adverſité dont le langage eſt ſi éloquent, vous a donné les premieres leçons : elle vous a fait connoître la dette immenſe que vous aviez contractée envers l'Etat : Vous devez nous rendre les vertus & l'ame de votre auguſte Pere, objet éternel de nos regrets. Que de larmes ont coulé de vos ieux dès l'âge le plus tendre ! Victime de l'amour conjugal, cette Princeſſe généreuſe, qui vous avoit porté dans ſon ſein, n'a pas tardé de ſuivre l'Epoux que toute la France pleuroit encore. Vous avez vu la mort, l'impitoyable mort, étendre ſes ailes ſous les lambris que vous habitiez ; vous avez reconnu combien elle étoit redoutable aux Souverains.

Louis la craignoit, Messieurs, parce qu'elle ouvre les portes de l'éternité : cette crainte ſalutaire annonçoit une ame chrétienne qui gémit ſous le poids de ſa chaîne : il vouloit briſer cette chaîne qu'il s'étoit formée ; ou il croyoit le vouloir, & bientôt il ne le vouloit plus. Ses tentatives étoient ſemblables à celles d'un homme profondément aſſoupi, qui, après quelques efforts impuiſſants, ſe replonge dans le ſommeil dont il ſe laiſſe accabler : *Similes conatibus expergiſci volentium, qui tamen ſuperati ſoporis altitudine remerguntur.* S. Aug. L. 18, Conf. c. 5.

En effet ſeul avec lui-même, au milieu du ſilence de la nuit, dégagé de ce tourbillon qui l'enveloppe ſans ceſſe, il repaſſe dans l'amertume de ſon ame les fautes qui ſont les ſources de ſon malheur. L'image de ſon Fils, de ce Fils tranquille & ſerein juſques dans les bras de la mort, ſe préſente à ſon eſprit : les larmes coulent abondamment de ſes ieux ; les ſoupirs ſoulevent ſa poitrine ; les remords déchirent ſon cœur ; il ſent Dieu s'élever contre lui avec une indignation également ſévere & majeſtueuſe. D'une main tremblante il prend la plume, & trace ſur le papier ſes réſolutions & ſes dernieres volontés. *O mon Dieu,* dit-il, *ayez pitié de moi & de mon peuple !* Il ſe reproche d'avoir négligé les ſoins de la Royauté, & de n'avoir pas protégé la Religion avec tout le zele qu'il lui devoit : il gémit de s'être laiſſé tromper par des adulateurs & des ambitieux qui ſacrifioient tout à leurs vils intérêts.

Persistez

Persistez dans vos généreux desseins, Prince, objet des miséricordes du Tout-puissant ; *vous n'êtes pas loin du Royaume des Cieux* : le Seigneur vous tend une main secourable ; voyez comme il renverse & brise lui-même les idoles auxquelles on prodigua si long-temps des hommages. Jettez-vous avec confiance dans les bras d'un Pere qui se plait à pardonner….. Quoi ! la séduction & la perfidie ne cesseront pas d'assiéger le Trône, & de lui creuser des abymes ! Les complots des méchants se renouvellent ; ils ont conjuré contre l'Oint du Seigneur : l'intrigue, l'artifice, l'imposture ne tardent guere à substituer une autre idole. Les malheureux ! ils s'agitent plus pour perdre l'ame de leur Souverain, qu'ils ne s'agiteroient pour sauver l'Etat. Enfin ils ont réussi dans leur noir projet : Louis échappe encore aux poursuites de la grace. Grand Dieu ! que cette conquête vous est chere ! que d'efforts ne faites-vous pas pour vous en ressaisir !

Tantôt au milieu des forêts, où l'appelle un divertissement noble, mais qui toujours eut pour lui trop d'appas, l'ardeur trahit le coursier qu'il monte : il est renversé, comme Saul le fut sur le chemin de Damas : le danger l'effraie & l'avertit ; mais les écailles ne tombent pas de ses ieux : tantôt le tonnerre gronde sur sa tête d'une maniere menaçante ; la foudre part avec éclat, & vient expirer à ses pieds ; & cette voix du Ciel qui réduit en poudre les cedres du Liban, ne triomphe pas de ses résistances : tantôt le glaive imprévu de la mort immole même à ses côtés un de ses favoris, & change en tristesse & en deuil le riant appareil de la joie & des plaisirs. Louis, que la foi n'abandonna jamais dans ses

*D

plus grands écarts, court lui-même, tout tremblant, hâter les secours spirituels. La Religion reprend ses droits; elle est sur le point de triompher : déja ses ennemis pâlissent & sont déconcertés : ils se rassurent bientôt, & réveillent la volupté. Prince, lui dit la perfide, comme autrefois Jézabel au Roi Achaz, pourquoi donc abandonner ainsi votre ame à la tristesse? *Unde anima tua turbata est?* levez-vous & calmez des alarmes puériles : un événement ordinaire & naturel doit-il vous inquiéter? *Surge & æquo animo esto* : en même-temps elle fait parler ses charmes & ses attraits : *Depinxit oculos suos stibio, & ornavit caput suum* : elle présente la coupe empoisonnée, & Louis n'a pas le courage de la repousser. Tel est l'empire tyrannique de l'habitude. Son joug est un poids qui vous accable : *Quàm difficilè surgit, quem tanta moles consuetudinis premit!* S. Aug.

Déja cependant le Ciel avoit offert un grand spectacle aux hommes & aux Anges. Une Princesse généreuse, animée du même zele qui transporta la fille de Jephté, s'arrache aux délices de la Cour, & vole sur la Montagne sainte s'immoler pour le salut de la Patrie & de son Roi : ce Roi le plus tendre & le meilleur des Peres, sent tout le prix de ce sacrifice : il adore les miséricordes du Seigneur, & s'écrie en soupirant : *C'est une Sainte.... elle me sauvera.* Combien de fois, après avoir été témoin des larmes dont cette Épouse de la Croix inonde sa solitude, & de la sérénité qui regne sur son front, crut-il entendre la vertu lui dire, comme S. Augustin le rapporte de lui-même : Quoi! vous ne pourrez pas ravir le Ciel, ce que peut le sexe le plus foible! *Non poteris quod isti & istæ!* Cette voix pénetre jusqu'au fond de son cœur; il

en eſt touché : des Miniſtres évangéliques la font retentir en ſa préſence avec une ſainte liberté. Louis applau-
dit à leur zele, que l'on voudroit lui rendre ſuſpeʤt. Bien
différent du Gouverneur Félix, qui interrompt S. Paul,
dont la prédication l'avoit fait trembler, il veut encore
entendre l'Homme apoſtolique qui a tonné devant lui
& devant toute ſa Cour dans la chaire de vérité. Puiſſe
enfin cette ſemence divine germer dans cette terre ſi
long-temps ingrate, & porter des fruits de ſalut!

Combien de fois, aux approches de nos Solemnités
ſaintes, aſſis triſtement ſur les bords des fleuves de Babylo-
ne, verſa-t-il des larmes de ne pouvoir chanter au Seigneur,
dans une terre étrangere, les cantiques d'aʤtions de gra-
ces qu'il avoit auparavant coutume de chanter avec les
enfants d'Iſraël ? *Il n'eſt pas donné à l'homme de connoître l'heure & les momens que le Pere a mis dans ſa
puiſſance :* Dieu eſt patient, parce qu'il eſt éternel. La
grace a pourſuivi Auguſtin pendant trente années, avant
de jouir de ſon triomphe ; le même prodige ſe renou-
velle à l'égard de Louis : *Miſericordiam autem meam
non auferam ab eo.*

O mon pere, diſoit à Jacob Eſaü, déſolé d'avoir
perdu ſa bénédiʤtion, *n'en eſt-il plus pour moi!* Seigneur, nous vous adreſſons la même priere. Les tréſors
de votre grace vont-ils ſe fermer ? n'aurez-vous plus d'entrailles de miſéricorde pour un Prince que vous avez
tant de fois rappellé ſous l'ombre de vos ailes ? Le Seigneur, Messieurs, va déployer, par un coup viʤtorieux,
la force de ſon bras : il va fixer pour toujours les per-
plexités & les irréſolutions de cette ame fugitive, &
déconcerter ces audacieux qui ſembloient lutter depuis

si long-temps contre le Ciel pour lui ravir sa conquête.
Ce même Dieu, qui sous les ieux de Louis a brisé tant
de couronnes & renversé tant de sceptres dans la pous-
siere, signale sa justice & sa miséricorde, en frappant
ce Prince dans sa personne : il afflige son corps pour
sauver son ame. Il commande à la mort d'approcher
avec l'appareil le plus terrible, & d'exercer ses rigueurs
les plus affreuses. La mort, docile aux ordres du Tout-
puissant, choisit le fléau le plus désastreux ; elle fait cir-
culer dans les veines du Roi le poison le plus dévorant.
Elle flétrit la majesté de son front ; elle éteint le feu
de ses ieux ; couvre son corps de plaies, & le rend lui-
même méconnoissable à ceux qui l'environnent. Un souf-
fle contagieux répand au loin la terreur & la fuite ; il
lui ravit la douce consolation de serrer dans ses bras
l'héritier de son Trône, & cette Famille si chere à son
cœur. Rien, il est vrai, ne peut enchaîner le courage
de ces augustes Princesses qui ne balancent pas à s'immoler pour leur Pere : mais, hélas ! leur tendresse hé-
roïque, en le consolant dans les ombres de la mort,
ajoute à ses souffrances les alarmes les plus vives &
les inquiétudes les plus cruelles. Le même fléau nous
a fait trembler pour les jours de ces martyres généreuses,
de la piété filiale : & quelle seroit notre douleur, si le
Ciel ne les eût rendues aux vœux de la France, de la
vertu & de la Religion ?

Seroit-il possible que la séduction voulût encore
poursuivre ce Prince jusqu'aux portes du tombeau ! Le
doigt du Tout-puissant a marqué le terme où vont expirer tous les artifices du tentateur. Le charme est enfin
rompu, & l'illusion entiérement dissipée. Louis entend

la réponfe de la mort. Il fe foumet avec une entiere réfignation aux volontés du Ciel. Seigneur, dit-il, il eft jufte que je boive le calice d'amertume que vous me préfentez ; épuifez fur mon corps les traits de votre vengeance ; mais épargnez mon ame pour l'éternité.

Le danger augmente ; le feu dévore fes entrailles ; rien ne peut calmer fes douleurs : elles font auffi univerfelles qu'elles font exceffives. Il a lieu de dire, comme Job, dont il imite la patience & le courage : Seigneur, vous me tourmentez d'une maniere merveilleufe : *Mirabiliter me crucias.* Mais il peut auffi ajouter, avec S. Paul : Ma foibleffe fait aujourd'hui toute ma force : *Tunc potens fum cùm infirmor.* Le zele & l'art n'ont plus de ref-fources : l'éternité s'avance à grands pas. LOUIS ne re-grette ni la vie ni le Trône ; ou, s'il defire de vivre encore, c'eft pour édifier fon Peuple & le rendre heu-reux. Il veut que fa pénitence foit auffi publique qu'elle eft fincere. *Ah ! que ma pénitence eft courte*, s'écrie-t-il! Il s'efforce d'y fuppléer par l'ardeur de fa foi. Il a déja lui-même invoqué les fecours que la Religion offre à la piété chrétienne ; il les reçoit avec ce cœur contrit & humilié que le Seigneur ne rejetta jamais : il unit fa voix défaillante à celle des Miniftres de l'Eglife. Sei-gneur, difent-ils, ayez pitié de cette ame : fi elle a eu le malheur de vous offenfer, au moins elle ne vous a point renoncé. *Si peccavit, non te negavit.* Il répete ces paroles avec la confiance que la foi feule infpire. Elles le confolent, comme elles confolerent le grand Condé (1) au lit de la mort. Il oublie la terre pour

---

(1) Voyez l'Eloge funebre de ce Prince, par M. Boffuet.

élever ses desirs vers le Dieu qui l'appelle, après l'avoir purifié par les souffrances, & fait revivre en lui toutes les vertus & toutes les bonnes actions dont sa grace a été le principe. C'est dans de si saintes dispositions qu'il consomme un sacrifice couronné par la pénitence finale, qui conduit le Chrétien au port du salut.

Louis meurt, rentré en grace avec son Dieu, & l'espérance des pervers est confondue : la Religion triomphe, & les Anges du Ciel se réjouissent d'une conquête d'autant plus chere qu'elle a été plus long-temps disputée. Le Ciel semble en même-temps se réconcilier avec la France, & lui rendre ses premieres faveurs. Notre espoir se ranime : une douce lumiere s'éleve sur nos têtes, & nous promet les jours les plus sereins. Secondé d'une Reine qui fait l'ornement & les délices de la Nation, le Successeur de Louis s'empresse d'essuyer nos larmes, & de réparer nos malheurs : il marque tous ses jours par de nouveaux bienfaits. Il ne veut regner que pour faire regner la vertu, les mœurs & la Religion. Déja les artisans de fraude & de mensonge, les esclaves de l'ambition & de la fortune, fuient loin de ses regards : le flatteur redoute la sagesse & la fermeté qui veillent à ses côtés. La justice & la paix, la bienfaisance & la vérité se rassemblent autour de son Trône pour le rendre inébranlable. L'amitié, le charme le plus doux de la vie, se plaît à serrer de plus en plus les nœuds qui l'attachent à son auguste Famille. Puisse une si belle union se fortifier & s'accroître de jour en jour pour perpétuer notre bonheur ! Puisse encore l'exemple de notre vertueux Monarque, enflammer, d'une nouvelle émulation, tous ces jeunes Princes, assis depuis peu fur différents Trônes de l'Europe! Que toujours animés du même efprit, fideles à leurs premiers engagements, ils fe difputent à l'envi le plaifir divin de faire la félicité de leurs Peuples. Spectatrice de ce combat glorieux, déja la tendre humanité éleve au Ciel fes mains triomphantes, verfe des larmes de joie, & prépare à ces dignes Ri-vaux une palme préférable à la conquête de l'Univers.

Ainfi foit-il.

APPROBATION.

J'Ai lu, par ordre de Monfeigneur le Garde des Sceaux, un Manufcrit, qui a pour titre : ELOGE FUNEBRE DE LOUIS XV, ROI DE FRANCE ET DE NAVARRE, &c. L'Orateur eft un éloquent interprete des fentiments d'amour & de reconnoiffance que la célebre Univerfité, où il vient d'oc-cuper le rang le plus diftingué, doit, à toutes fortes de titres, à la mé-moire du Monarque augufte & bienfaifant dont la France déplore la perte. A Paris, le 10 Novembre 1774.

RIBALLIER.